Page blanche Alger

Jean-Philippe Cazier

Page blanche Alger

éditions LansKine

Le récit serait d'un visage (ce visage), de son ombre et du monde de ce seul visage (paysage), comme un seul désert dans l'univers entier, à peine une seconde dans la vie millénaire de ce monde. Ou la mer, une mer seule dans l'univers entier. Le texte serait les mots de ce visage de sable, son écho sous forme de chant. Ou bien les mots seraient là, sur la page, pour d'autres mots qui ne diraient rien, parleraient pour davantage de silence, mots d'une voix toujours dans l'enfance : voix désertique, pages blanches – un livre et du sable.

Sans narrateur ni auteur, récit abstrait, échos et fragments d'une enfance passée sans dire un seul mot réel. Ce livre incertain, obscur comme l'intérieur d'une forêt, ce livre sans titre n'a pas encore accès aux mots : chant sans paroles, comme ces psalmodies purement sonores entendues une nuit dans une rue d'Algérie. Récit ou qualifié tel, ou bien un nom plus vague, ce texte peuplé de silhouettes en prose sans plus d'identité sinon très floue. Des regards, peut-être rien (l'aboiement d'un chien résonne au loin). Il n'y a personne ni personnage dans ce récit tout en dissolution car pas de langage dans ces labyrinthes encore de l'enfance. Images mais sans regard pour les voir, images ou mots, rumeur d'un récit qui pourrait être celui-ci – en vie peut-être, déjà mort peut-être. Ces mots, ces images, ces mots seront ce texte encore dans l'enfance. Texte, donc, qui n'existe pas. Livre anonyme, étranger, clandestin, infini.

J'avais oublié que tu savais écrire ces signes qui abrègent les mots, la langue, les font disparaître, remplacent par d'autres signes brefs, plus rapides, des sons que je ne comprends pas.

Une enfance en Algérie, à Alger. Le mot « Algérie », le nom de la ville d'Alger pourraient être le titre du livre mais pour quelques années seulement. Ensuite, le livre – cahier de signes, encre noire – s'appellerait « Guerre ». Le temps déchiré en dix mille morceaux. Désert sans fin, sera recommencé un seul mot raturé, sans cesse effacé, un seul mot varié mille fois au rythme le plus rapide, dix mille fois le mot « Mort », ou un autre mot blanc comme un cri, comme une tempête de neige. Ce mot-là, vous le lirez sans comprendre, il n'y a rien à comprendre.

Enfance surtout sans commencement, qui ne serait le début de rien.

Souvenirs de ma mère lorsqu'elle est jeune en Algérie, lorsqu'elle est morte d'une mort sans bonheur. C'est ce que l'on pourrait croire, c'est ce que je pourrais croire. Les cendres d'une enfance en Algérie qui aura duré cinquante-neuf ans, jusqu'à ce 6 août 2009, 22h45, date et heure de la mort. Le texte sera une fiction, à peine les traces d'un récit, de cette enfance en poussière : livre possible d'une vie possible, souvenirs qui n'en sont pas. Dans ce monde de l'enfance, je n'existe pas encore et tu y meurs avant ma naissance – la mort et la mort encore. Toutes ces choses indicibles, hors de portée de mon regard (le regard n'est qu'un trou), tous ces souvenirs faux, cette mémoire irréelle, tous ces étés sur la plage Moretti, les vacances à Zéralda, au club des Pins, la plage de l'Éden au mois d'août, la gare centrale, les renards du zoo, les siestes dans les ombres de la forêt de Baïnem... Un récit pour dire cette vérité qui pourtant est fausse.

Il s'agirait peut-être d'un dialogue : une voix, une autre voix. Suite musicale, paroles, interrompue, reprise, le récit – chant ou parole ou cri – sera la juxtaposition de ces deux voix, autres voix restées dans l'errance de l'enfance, fantômes éternels d'une enfance morte, silhouettes entre la vie et la mort. Dialoguent des voix dans ce livre, voix des morts, des vivants et des morts. Leurs mots, images, leurs rêves, images blanches, souvenirs oubliés, cette chanson de Sylvie Vartan ou de Françoise Hardy, tu t'en souviens ? J'en retrouve spontanément les mots, désormais morts eux aussi. Et d'autres mots, désormais morts eux aussi.

Durant la guerre d'Algérie, tu marches rue de Constantine, prononces – chant ou parole ou cri – un mot, ce mot murmuré. Tu t'agrippes à ce mot tel un corps, n'importe quel corps né de la cendre qui maintenant recouvre toute ta mémoire, n'importe quel corps indistinct, inconnu. Ce sont des visions qui s'effacent, des impressions confuses. Je ne sais pas si tu entends ma voix qui te parle. Ou cet autre moment, alors que tu n'as pas encore été jetée à la rue parce que tu étais enceinte, cet autre moment – où était-ce ? – dans le jardin des plantes du Hamma, là où la voix dit que quelque chose d'horrible a eu lieu. Tu te souviens seulement du manège, un long voyage en train durant lequel tu ne cesses de pleurer.

C'est un poème que les voix réciteraient. Les deux voix sont le texte, le texte – fragments, morceaux, débris – est l'écho de ces deux voix. Raconteront tes souvenirs (tes souvenirs d'enfance, comme on dit), échos lointains de cette enfance lointaine qui est la tienne. Ou bien un autre enfant confondu avec toi, une de tes sœurs, ou Mohammed – Ahmed –, ton jeune voisin arabe assassiné par les soldats de l'armée française. Le texte sera le récit – fragments, morceaux, débris – de cette fiction que la voix du lecteur, de même, ne pourra qu'inventer. Cette enfance du texte est, du texte, la seule vérité.

C'est le refrain d'*As Tears Go By* chanté par Marianne Faithfull, une sorte de lied, lecture d'inscriptions gravées sur des pierres tombales.

C'est un poème de Marie de Quatrebarbes, des particules de mots plutôt que des mots.

Qui ne sont pas ceux d'un récit. Un récit sans mots, est-ce possible ? Ton enfance s'arrête au seuil des mots (à la surface de la page, un ensemble de mots effacés), au moment où le récit de tes souvenirs (récit inventé, souvenir qui est oubli) s'altère en son contraire : l'oubli, le foisonnement de l'oubli, l'impossibilité de tout souvenir réel. (On appelle « herbe d'oubli », l'herbe qui pousse sur les tombes).

À la dernière ligne de ce livre, tu fermeras les yeux et tout sera oublié. Ces pages n'auront jamais existé, telle désormais une tempête de sable.

Sable, poussière. Rien d'autre. Rien.

Algérie, cendre, histoire, répète, paroles, bruit.

Un jour, dans le récit, avant que le récit ne disparaisse, la voix dit que pourtant tu te souviens de quelque chose, quelque chose de sombre, encore vivant, recouvert de sang rouge, une chose allongée dans la rue, sur le trottoir de la rue d'Isly, en face de la fontaine, au centre d'Alger, quelque chose dont les yeux te regardent et dont tu prononces le nom. Ses yeux se ferment et ta bouche prononce son nom. Ce même jour, dans la même rue, au même moment, tu as vu, allongés sur le trottoir de la rue d'Isly, dix Arabes massacrés, leurs dix corps aspirés par des flaques de sang immenses. Peut-on sauver cela de l'oubli, de ton oubli, et l'écrire ?

Lorsque je parle de l'absence de ton enfance, cette absence qu'est ton enfance, il ne s'agit pas d'une métaphore, une figure littéraire, il ne s'agit même pas de mots. Il s'agit d'une écriture de l'oubli, alphabet sans langue, sans connaissance des mots : écriture sans mots, élaboration de l'oubli.

Naissance de ton enfance ou la naissance de ce livre.

Comme la genèse d'un monde, genèse d'un oubli sur la page blanche.

Les mots sont des trous – ellipses, silences, des résonances du silence. Seulement le blanc de la page, la dilatation du silence.

Rien d'autre, rien, tu comprends ?

C'est dans le hall de l'Hôtel Oasis (mosaïques, photographies d'îles, de palmeraies), ou bien avec ton amie kabyle, Abigaïl, la cour de l'école Aumerat. La veille, les singes, éléphants, acrobates, le spectacle du cirque Amar. Tu te balances, les mains agrippées au trapèze. Au-dessus de la foule, tu mimes les acrobates. Tes mains sont bien trop petites (tu dois avoir cinq ans, six ans), tu lâches la barre du trapèze mobile, tu tombes ou plutôt tu chutes au ralenti, à petits coups d'ailes, tel un papillon de papier. Tu ris et tout le monde applaudit comme à la fin d'un concert du rockeur Elvis Presley. « Ma hu aismak ? » Tu te souviens aujourd'hui de cette phrase, ces mots prononcés dans un passé aujourd'hui oublié. Tu te souviens de cette langue. « Ma hu aismak ? » Les mots sont dits par cet enfant que tu reconnais, que tu reconnaitras des années plus tard, Mohammed – Ahmed –, couvert de sang rouge, dont les yeux se ferment et dont tu prononces le nom. « Ma hu aismak ? » Mohammed est là, face à toi, il te regarde. Il parle cette langue dans laquelle, par-delà les mots prononcés, tu entends la résonance de sons inconnus. Rumeur de cette voix (alternance de français et arabe ?) que tu n'identifies pas. Tu ne sais pas, tu trouves ça curieux, sans doute : « Il est mort et il parle ». Tu ne croyais pas que ça existait, que ça pouvait exister, un mort qui parle. Aujourd'hui, tu écoutes de nouveau ces paroles, leur rythme, le silence qui les accompagne. Tu les écoutes encore une fois, un écho qui aura duré toutes ces années.

Paroles, une question. Aucune réponse ne peut clore. Énigme ne peut être dans les limites d'un sens, une solution. Quelque chose, voix sans mots, ne peut être nommé. Variations phoniques, mots ne disant rien. Cahier de répons tout au plus, des cris chantés dans la pénombre.

Comment t'appelles-tu ? Je ne sais pas, je suis un papillon, un grillon, un avion, un lion. Mohammed rit, ses yeux se ferment, ses yeux bleus (papillons bleus), ses yeux noirs (papillons noirs) derrière ses paupières closes.

Peu importe que ce soit lui, Ahmed, ou quelqu'un d'autre, silhouette, une forme dans l'ombre du hall de l'Hôtel Oasis (mosaïques, photographies d'îles, de palmeraies). La voix dit on reconnait le hall, l'hôtel, les meubles, les plantes, la verrière, une chouette empaillée. Oui, c'est ça, c'est le salon de l'Hôtel Oasis, le périmètre le plus sombre du hall, là où l'on s'installe pour, par exemple, attendre quelqu'un, se reposer (il doit y faire frais comme à l'ombre d'ormes, au bord d'une rivière) de la chaleur des rues d'Alger en ce mois d'août. Mohammed, ici, dans cet espace, n'a pas d'identité, c'est une voix, une voix. La voix ne dit rien de la petite fille qui se tient face à lui. Sont décrits uniquement les meubles, les fauteuils, la verrière, l'ombre, la lumière, les plantes dont les fleurs, en cette saison, sont écloses. La voix parle des rues d'Alger, du soleil de l'incendie qui, la nuit dernière, a détruit le Monoprix de Belcourt (depuis, le Monoprix est devenu une banque).

Bourdonnement de quelques abeilles, leur murmure confus dans la pénombre. Tous ces mots sont maintenant oubliés, l'écriture n'en retient que des sons. Des années après, bien après, le nom de Mohammed sera chanté par Cheikha Rimitti.

Tu continues ta chute. Tu as lâché la barre du trapèze et ta chute, cette fois, ne se termine pas. Tu tombes, tu flottes dans l'air, papillon en suspension à travers les vapeurs de l'atmosphère. Cette fois, pas d'atterrissage gracieux, pas d'applaudissements du public, tu n'es plus cette petite gymnaste très douée. Tout a disparu, effacé, tu tombes sans fin dans cet espace dépeuplé. Plus de singes, plus d'éléphants, plus de lions, plus de chapiteau, plus de place du Gouvernement, plus de port d'Alger. Mohammed aussi a disparu, effacé, raturé. L'Hôtel Oasis n'existe plus, Mohammed – Ahmed – ne ferme plus ses yeux en riant. Il n'y a que ta chute et l'espace à travers lequel tu tombes et qui s'ouvre encore et encore pour t'aspirer dans le vide. Tout se transforme, s'échappe, et cette fois aucun mot – ce mot – pour te protéger, t'agripper à lui et remonter hors de ta tombe.

Écriture au hasard, discontinue, absence de logique. Livre – ratures, effilure – ne dit rien. Un livre de logique déchiré en dix mille morceaux. Phrases, une sorte d'errance, interrompues, saccadées, à peine segments de phrases, du silence. Mots incertains : des trous, des silences.

C'est comme ça que l'écriture commencera, de ce livre, une sorte de lecture de ce texte qu'est Mohammed – Ahmed –, exhumé tu ne sais plus de quel passé. Est-ce de là qu'il surgit, du temps et de l'oubli ? Ce livre, la prolifération d'un livre qui n'a pas été écrit, une trace (chemin, fissure) de ce surgissement, regard fixé sur ce visage déjà mort et qui ferait mourir qui le contemplerait. Ce visage : ensemble de points de suspension, matière informe pour toujours opaque, texte blanc demeuré blanc, la blancheur d'une page blanche. Ta voix en prononce les échos, articule l'air qu'il respire, le récit, l'écriture de cette voix, ce visage qu'elle dit, silencieuse.

L'enfance, écriture au hasard, sans mémoire ni du monde ni d'elle-même, vous comprenez ?

Tous les verbes de ce livre, chaque nom de ce livre pourraient être remplacés par le mot « Nuit » – un cycle de l'effacement.

École Aumerat, rue de Lyon, cirque Amar au Champ de Manœuvres, obscurité de la chambre, sourire de Mohammed et son allure de conte de fée, terreur éprouvée ce jour-là dans le jardin botanique du Hamma où la nuit errer. Les voix – chant ou parole ou cri – ne racontent pas une histoire, juxtaposent des images sans véritable fil conducteur. Ici un visage, ici le salon de l'Hôtel Oasis, ici les plages de la côte algéroise, ici des morts, des cadavres, ici dix-mille images de la guerre – dix-mille cadavres –, ici tu t'enfuis cachée dans un camion, sous une bâche, ici ombre et silence. Tout se succède, se regroupe. Y aura-t-il, à la fin, une dernière image, la fin du livre – la mort, ta mort –, une image mélangée aux autres, indistincte et incompréhensible ? Il n'y a pas d'ordre dans ce qui est écrit, ce texte que j'écris : la fin n'a-t-elle pas déjà eu lieu, ta mort advenue telle une image absente ?

Tous les jours, durant l'été, les vacances au bord de la mer, lumière du soleil, le soir retour quartier Belcourt, jardin botanique, parc de Galland, place du Gouvernement, le Milk-Bar pour une glace (c'était avant l'attentat de 1956). Tous les étés, les plages – boire l'eau fraiche directement d'une bouteille sortie de la glacière –, l'Éden, les Bains Padovani ou les Bains Nelson, la Pointe du Fort des Anglais. Parfois, la piscine El Kettani, plage des Deux Moulins. Nous allions dans la forêt de Baïnem, parfois au Restaurant San Sebastian. À la plage, nous y sommes aussi l'hiver, il n'y avait pas vraiment de frontière entre l'hiver et l'été. La Méditerranée non plus n'est pas une frontière : nous nageons, nous plongeons, nous rions. La mer, c'était une forêt pour se balader, ou une amie. Avec nous, toujours, il y a ma grand-mère – ton arrière-grand-mère – qui ne sait pas parler français, née en Espagne, en Andalousie, Juive et Arabe aussi, certainement. Elle préparait la semoule dans une bassine jaune en plastique. Ce que j'aime beaucoup, c'est la forêt de Baïnem, les plages, la mer, jouer à la balançoire avec ces enfants syriens qui étaient là. Ce sont des souvenirs que j'ai encore, je crois, les lieux se succèdent, se mélangent, l'école, les jeux avec mes amies, parc de Galland, jardin botanique du Hamma, Mohammed – Ahmed – avec qui je marche le long de la rue d'Isly, le quartier du Ruisseau, salon de l'Hôtel Oasis, soleil sur le port d'Alger. Un jour, je pleure, je ne sais plus pourquoi. Et la chambre sombre, et le sourire de Mohammed, les ombres de la forêt de Baïnem. Ce sont des impressions, des sensations, tu comprends ?

Est-ce que j'aimais lire ? Non, je ne crois pas, je n'ai jamais compris les livres, je ne comprends pas bien, n'en vois pas l'intérêt. Ça m'arrive de lire des magazines, une photo de France Gall, quelque chose sur Sheila. Dans le journal, je regarde la météo, l'horoscope. Je sais lire, évidemment, mais je ne lis pas, même enfant je ne lisais pas de livres. Par contre, tu vois, c'est bizarre, je me souviens de l'appartement où je suis née, j'ai habité lorsque j'étais enfant. C'était en Algérie, à Alger, rue de l'Union, à Belcourt, je crois au numéro 31. Ma mémoire est tellement remplie de sable, je ne sais pas pourquoi je me souviens de ça : 31 rue de l'Union, cinéma Alcazar, le magasin de monsieur Montiel, madame Rigghetti vendait des glaces, « Papa Maklouf », un marchand de beignets tunisiens, Café Tony, magasin « Khaliffa », le Bar des Sports. Et les vacances à la mer, la mousse du savon Cadum. Il y avait un manège, une sorte de carrousel avec des lions. J'avais six ans ou bien huit ans. Ensuite, j'avais onze ans. Derrière l'immeuble, un terrain vague, un champ où je rejoins Mohammed.

Au moment où tu t'endormais (c'est la nuit, tu n'es pas encore morte), quelqu'un sans doute chantait à voix très basse une berceuse dans cette langue étrangère (tout se passe hors des mots). Parfois, tu chantes cette berceuse, tu l'écoutes encore et, à voix très basse, tu la chantes. Ici, des points de suspension arrêtent le récit. Silence. Ou bien n'est-ce que le murmure du vent ?

C'est un récit sans narration, un rythme comme celui du vent.

Le récit de la petite baigneuse de la presqu'île de Sidi-Ferruch.

Ton enfance, un désordre, ton enfance sera un désordre – turbulences, images qui ne sont pas reconnaissables, impossibilité de nommer ce qui apparaît sans une forme nette. On dira : une douleur, une sorte de folie, puisque l'on ne possède pas d'autres mots. Un désordre de l'enfance – oui, l'incohérence de l'écriture – qui durera jusqu'au moment de la mort, ta mort, ce moment où effectivement tu es devenue folle, à nouveau exclue, seule comme tu avais été seule et folle ce jour-là dans le jardin botanique du Hamma – ou était-ce dans la forêt sombre de Baïnem ? –, seule avec ce que personne ne connait, cette ombre, ce silence peuplé de mort(s). C'était comme un rêve, tu vois ?, mais un rêve visible devant soi, réel, rêve anarchique sans ressemblance avec quoi que ce soit que l'on m'aurait appris. Oui, je crois que ce jour-là je suis devenue folle.

Tout se passe au ralenti. Ou un désert soudain, lumière du jour absolument pure. La voix dit le silence brusque, quelque chose de brutal, un geyser de cendres dans l'azur d'Alger. Mohammed – Ahmed – qui s'éloigne, Mohammed que tu as serré tout contre toi et qui n'apparaît maintenant que comme une silhouette au loin. Tout est réel mais rien ne prend vraiment forme. Les mots sont des trous. Le récit – chant ou parole ou cri – de nouveau s'arrête.

Ce serait comme le développement très lent, empêché, d'une pellicule argentique. On ne contemplerait, à la fin, que l'irréalité de ces images.

Ce serait comme une oralité très lente, éternelle, une voix très déformée.

Ce serait un livre de Sarah Kane, des corps fragmentés en mille poussières, lorsque l'on ne sait plus qui parle.

Silence de nouveau, un silence blanc. C'est l'obscurité.

L'enfant joue dans le jardin du parc Hamma. Ailleurs, la même enfant – cheveux ébouriffés comme des broussailles, peut-être des parfums d'encens – parle avec des mots qu'elle ne comprend pas. Ailleurs, le même enfant prononce des mots arabes, articulant dans une sorte de rêve ces mots dont le sens lui échappe. Il n'a pas de nom, pas d'identité, son seul nom est celui de Mohammed. Ses yeux sont gris. Il ne fait partie d'aucune histoire, aucun récit. Dans sa langue, il raconte les vacances d'été au bord de la mer, les vagues qui déferlent sur la plage de l'Éden. Il raconte – un matin, à l'aube, tu étais partie ramasser des crabes avec Léo et Roméo – la forêt de Baïnem, les glaces achetées chez madame Rigghetti. Il raconte le cirque Amar, les lions, les trapézistes. Il raconte l'époque de la guerre, tous les morts qu'il a vus, tous ces corps morts. Il raconte combien il aime la présence de H. et que plus tard il sera son mari. Ils auront des enfants, plein d'enfants, et le dimanche ils iront manger des glaces au Milk-Bar. Les êtres qui traversent cette histoire qu'il raconte sont les fragments d'un récit – ce que tu dis est-il la vérité ?–

un récit murmuré au centre d'un espace entièrement vide. Les murs sont en flammes. Des bougies posées sur le sol éclairent le visage de Mohammed comme était éclairé le visage des acteurs de théâtre par les feux de la rampe : blafard, fantomatique. Les flammes s'étendent, se répandent à travers l'espace. Le feu recouvre tout et tout devient cendre.

Ce que tu dis est-il la vérité, un rêve inventé par la morphine qui t'est injectée pour calmer les douleurs de ton crâne que les chirurgiens ont ouvert et trituré à coups de scalpel ?

Tout devient cendre, à travers l'espace le feu recouvre, les flammes s'étendent, se répandent.

Nous la voyons, elle n'est qu'une silhouette, à peine une ombre, un visage dans la pénombre. C'est une photographie de H. faite par Isaïe ou par Sandra (que j'imagine avec le visage de Claudia Cardinale), une image ancienne, jaune comme l'ambre. Elle marche à côté de Mohammed. La photo a été prise rue d'Isly, devant le Café la Belle Etoile. Ils sourient, ils ont l'air heureux. Ce sont les personnages d'un théâtre psychique démoli depuis longtemps. Le récit qui devrait légender cette photographie n'est lui-même que fragments et cendres. La voici maintenant sur une autre image, dans la forêt de Baïnem (en bas à gauche, au soleil, on devine une salamandre), H. et Mohammed faisant du vélo en fumant des Gitanes. Ils sont jeunes, ils se sourient. On ne sait pas quels mots ils s'échangent au moment précis où la photographie est prise. Un jour, H. demande à Mohammed : « Est-ce que tu me détestes, est-ce que tu me hais ? » Mohammed – Ahmed – lui sourit et l'embrasse en lui offrant un tournesol. Un autre jour, tu pleures, tu ne peux pas t'arrêter de pleurer. Là encore, des fragments se superposent, bribes d'images ou de phrases, fragments d'une histoire qui raconte que tu n'es pas tout à fait normale, tu n'es plus tout à fait normale depuis la guerre, depuis toujours sans doute – et ce flirt avec Mohammed (on t'a vue dans la rue, tu caressais ses cheveux soyeux et doux). Tu es quelque part dans cette histoire mais tu ne sais pas où. On dit que tu es enceinte. On dit que tu as dû avorter, que l'on t'a forcée. On dit que tu as refusé d'avorter, que tu as menacé tes parents de les dénoncer aux flics s'ils te forçaient. On dit que tu as eu cet enfant. On dit que tu pleures cet enfant que tu n'as pas eu. Tu attends une métamorphose qui ne viendra jamais.

Ce serait le récit d'une enfance, la biographie d'une absence : couloirs obscurs, labyrinthiques, pour que le récit continue son errance. Les lieux, les noms rouillés, oxydés par l'eau de la Méditerranée, le vent de la mer, écrits pour que l'enfance persiste encore, le temps de l'enfance morte de ce livre.

Enfance de mots cachés, enfouis, habitée de silhouettes étranges vêtues comme pour une noce ou un enterrement – scènes flottantes, narrateur fantôme, blancheur des phrases de l'enfant. La nuit n'y cesse jamais, même si c'est parfois le jour, le soleil sur le port d'Alger. Un jeu étrange, sans règles précises, joué par ces fantômes, ces apparences de fantômes, vivants et morts.

Ce serait comme l'enfance d'un animal, sans conscience des mots, sans expérience des mots. L'animal est sans réponses, sans vocabulaire. L'expérience de l'aube, de l'eau, de la peau, du goût d'un poisson, de ses écailles, de la texture de tel vase de faïence, de telle nourriture, de telle lumière changeante. Mais pas de mots, tous et pour toujours entièrement effacés.

Mon premier souvenir, mais c'est comme un scintillement, à peine la survie d'une trace, ou le bourdonnement de quelques abeilles à mon oreille, mon premier souvenir est celui de la maison, de l'appartement, rue de l'Union, qui depuis a changé de nom. Au numéro 31, c'est là que je suis née. J'écris sans vraiment comprendre. Je ne sais pas clairement pourquoi apparaît cette mémoire, l'image d'un appartement qui aurait été situé au 31 rue de l'Union, à Alger. C'est une image, peut-être un rêve. Plus tard, ce sera la maison de la mort, la maison-mort, remplie de brume comme si de la neige était tombée sur le sol, recouvrant les meubles, les fauteuils, les rideaux tirés, les coussins de velours, le marbre de la cheminée, les lits désormais vides. Tout est très blanc et en même temps très sombre, noir comme en pleine nuit. Des voix me parlent, des voix lointaines. Je ne sais pas ce qu'elles disent. C'est une image, ce n'est pas un récit, tu comprends ?

Tu me demandes si une mémoire sans pensée, c'est possible, une mémoire aussi lointaine qu'une étoile. Tu crois que c'est ce qu'on appelle la folie.

Je ne sais pas, c'est comme un rêve. De la neige à Alger ? C'était peut-être du sable du Sahel, le sable blanc de la ville blanche. Un rêve à la fois de chair et d'air. C'était en hiver, il me semble, les plantes étaient sans fleurs. Ce rêve serait ma première mémoire, une image imaginaire, si l'on peut dire ça en français. Les fleurs poussaient dans le sable, il y a des fleurs qui poussent dans le sable, pas dans la terre mais dans le sable, tu savais ça ?, les camélias, les géraniums...

Une autre fois, tu confonds le sable et le bleu du ciel, tu désignes le ciel et tu dis : « Tout ce sable bleu, il manque un verbe, un nom pour dire cette beauté ».

Pages absentes de ce livre absent – fragments très pâles, bribes d'images déchirées, spectrales, des reflets à la surface d'un miroir recouvert de poussière blanche, des grains de sable. Quelque chose s'échappe de ce lieu de l'enfance, cet espace blanc comme une page blanche, une pluie qui glisse à la surface du sable, mais j'ignore ce que c'est. La voix fait le récit de, peut-être, pour toi aussi, des origines arabes et juives. Ou peut-être de cette histoire, le flirt avec ce jeune Arabe, Mohammed, dont dans la rue tu oses caresser les cheveux doux et soyeux. Ou bien s'agit-il de l'enfant qui aurait dû porter ce prénom juif, David, Daoud, ou Mohammed comme son père. Ou Ibrahim, Nahël, Noham ?

Parfois, il arrive que tu te souviennes. De lui, tu te souviens parce que, par exemple, tu le vois dans un rêve. Son image se forme au crépuscule, la nuit, dans un de tes rêves. Tu contemples son visage, son sourire, purs. Tu le trouves beau. « Il est splendide, n'est-ce pas ? » Tu voudrais le cacher quelque part dans l'obscurité de la nuit. Chaque fois que tu le vois, tu éprouves la certitude qu'il est inséparable de toi. Tu ne te souviens pas de son prénom. « Comment t'appelles-tu ? » Tu ne sais plus. Tu rêves souvent de cette énigme.

Tu cherches dans tes rêves – tu erres – l'apparition de ces fantômes, un verbe qui dirait ces apparences qui sont pour toi toute la réalité, ces visages dans l'obscurité, comme des photographies rongées par le nitrate.

31 rue de l'Union, Alger. De nouveau, tu évoques les fleurs, la lumière de l'aurore, lumière sombre comme celle qui, à l'automne, baigne les jardins des cimetières, dis-tu. De ta chambre, pendant des heures, tu écoutais le vent qui s'engouffrait dans les rues d'Alger. Tu imaginais des couronnes de roses rouges, des fleurs courbées par le vent, écrasées sous le poids d'une tempête. Tu fermais les yeux et, dans ton rêve, Mohammed apparaissait encore une fois. Tu regardes les boucles brunes de ses cheveux, ses yeux bleus, très bleus, son beau corps de footballeur. « Tu es beau », disais-tu, « très beau, comme une fleur ». Contrairement à la tienne, la chambre de Mohammed est claire, bleue et blanche. Pourtant, dans cette chambre, dans la lumière qui irradie, il y a la mort.

La dernière image – une brume, une vapeur – sera une fois de plus ce lieu, cet appartement. Ou peut- être est-ce quelque part ailleurs, un autre espace également enfermé dans ce lieu, prisonnier de ce périmètre maintenant sans dehors, sans lumière ni ciel, sans soleil. L'image sera sombre, presque noire. Et de même, les rues, le jardin botanique du Hamma, la rue d'Isly, le port d'Alger. Le narrateur évoquera une gare, une frontière, moins sans doute parce qu'il y aurait là des faits réels que pour la signification symbolique funèbre de ces éléments. Ici, là, dans ce lieu, tu demeures immobile, morte, déjà identique à ta mort future. Visage blafard, air absent. La mer, les plages, les pins de la forêt de Baïnem auront entièrement disparu. Tu es désormais cette chose cachée dans le monde de ces ombres, pour toujours derrière les murs de cet appartement vide.

Tu dis qu'il y aura cette enfant qui rêve et cette femme qui rêve, qu'il y aura des jardins, des fleurs, des vacances toujours au bord de la mer, le ciel bleu brillant. Tu dis qu'il y aura ce nom, ce mot, ce seul mot, ce seul nom. Il y aura d'autres récits, d'autres images : la France, la métropole, Marseille, Paris, La Rochelle. Des années succéderont aux années. Il y aura d'autres murs. Tu dis qu'il y aura un autre enfant, un garçon, et d'autres lumières, celles du sud de la France, celles du port de Sète. Il y aura d'autres maisons, d'autres rues, d'autres photographies, d'autres hommes. Tu dis qu'il y aura la folie. Tu dis qu'il y aura la mort.

Les mots du récit disent la lumière, les plages, la blancheur du sable et des maisons, fleurs blanches du jardin botanique du Hamma, blancheur du monde comme une page non écrite. Cette blancheur est le secret de ton récit – ce chant, cette psalmodie imprécise –, quelque chose que l'on ne comprend pas.

De nouveau nous la voyons, prononçant des mots arabes – arabes et andalous, espagnols –, des syllabes silencieuses au creux de ton oreille, dire « nous » et rire avec toi, caressant ta joue. Ce sont les mêmes paroles que tu murmures encore aujourd'hui, de nouveau, des dizaines d'années après, ces paroles arabes dites en silence au creux de l'oreille – ou un chant peut-être, récité dans une langue sans mots. Le narrateur insiste sur le silence toujours du monde, silence des phrases, silence des mots, silence du soleil au-dessus de la ville d'Alger. Parle de ces mots, de ces silences. Ce silence est celui de la mort.

C'est un verbe, un poème d'une sobriété arithmétique. Ce sont plusieurs phrases, des fragments de phrases, notées sur un carnet. Des personnages y vivent et qui sont des mots. Ce serait comme une rédaction d'enfant, quelques lignes écrites qui ne résolvent rien. Ou une image invisible, secrète, qui n'aurait jamais existé. Le texte s'arrêterait là mais, par-delà la fin du texte, l'absence des mots continuerait.

Sur un carnet, tu aurais écrit cette histoire. Tu aurais détruit ce carnet et personne n'aurait pu le lire, comme une exclusion de toute la littérature écrite. Tu y décrirais ton visage, le sien, le visage de Mohammed. À voix basse, tu lis ce visage, yeux immenses et bleus comme la mer. Ces mots, ce visage, ce regard derrière les paupières closes. Parfois, dans une phrase, tu l'embrasses. Parfois, vous êtes en voyage avec votre enfant. Tu racontes cet enfant mais rarement avec des mots. Tu ne connais pas toujours le sens des mots que tu écris. Tu déchires ce que tu écris, tu les déchires plutôt que de les écrire, les mots, tu aimes les déchirer. Mots morcelés, morts. Le récit que tu écris avec ces mots, tu le déchires également. Dans le livre déchiré, tu as écrit les plages, les vacances au bord de la mer, l'appartement du 31 rue de l'Union, à Alger. La voix raconte ce monde de rêve et de mort. Ici, dit la voix, les mots comptent moins que leur effacement, leur rature, leur déchirement. Les mots sont comme des corps, tu vois ?, ce sont des corps. Les mots sont des plages, des arbres, du sable, des étés et des hivers. La syntaxe n'existe pas, les lois de la grammaire n'existent pas. Seulement des ruines, des marges remplies d'herbes folles, des mots abandonnés recouverts de poussière et de terre. Le texte que tu écris est la description de ces ruines, de cette terre, cette poussière – un récit de terre et de poussière. Restera l'enfant. Restera la mort. Restera, dans un lieu du monde, le son du vent, le bruissement des feuilles dans la forêt de Baïnem. Restera cette ombre, resteront ces ombres. Restera l'écriture qui dit ces mains et ce sourire. Restera cette phrase où tu écoutes sa voix, la voix de Mohammed. Resteront l'herbe et le sable qui ont tout recouvert. Resteront ces phrases écrites sur le sable, ces dialogues entre des voix qui n'existent pas. Restera le hasard. J'imagine que je lis ce livre que tu n'as pas écrit. C'est la nuit, la maison est vide. Il pleut.

Du même auteur

Voix sans voix, Sils Maria, 2002
Écrires, Inventaire/Invention, 2004
Désert ce que tu murmures, La Cinquième Roue, 2006
Ce texte et autres textes, Al Dante, 2015
L' la phrase. L', Al Dante, 2017
Théorie des MultiRêves, Dis Voir, 2017
Vingt-quatre états du corps par seconde, co-écrit avec Frank Smith, Lanskine, 2018
Europe Odyssée, Lanskine, 2020
Vous fermez les yeux sur notre colère, Lanskine, 2021

Achevé d'imprimer en novembre 2022
par Pulsio Print
impression U.E.
dépôt légal : 4ème trimestre 2022
ISBN : 978-2-35963-087-9